시린 별,
한 가득 가슴에 품었다

詩集 1集(通卷 2集)

시린 별,
한 가득 가슴에 품었다

: 망팔의 서사

김 흥 천

Prologue

古稀(고희)를 넘어 望八로 향하는 시기는 그저 끝없이 병원을 전전하며, 하루하루는 기적으로 이루 워 지니 지나간 세월이 가슴의 통증으로, 悔恨(회한)으로 범벅이 되어 심장을 두드린다.

이번 주에는 유난히 차이코프스키 悲唱(비창 Pethetique)을 반복하여 수 없이 들으며 비장한 슬픔을 녹여 내고 있다.

비창 Basson의 고통스런 선율은 슬픔, 좌절, 처절한 현실 투쟁, 우아한 그리움, 죽음에 대한 처절한 투쟁과 쓸쓸히 퇴장하는 Horn의 비통한 독백들이 望八과 교차되니 되돌릴 수 없는 悲戀(비련)이 되어 버렸다.

끼니를 걱정하며 한 순간도 멈추지 않았던 불타는 고통으로 버틴 긴 세월 이 즈음에야 끼니 걱정 없는 세상이 이루어 젓지만, 나와 우리 세대의 정체성은 무엇일까?

한 여름 밤하늘의 파노라마를 보며, 사색하며 속살을 고백하려 한다.

詩는 매우 은유한 방식에 때론 과장된 상상력을 더해 주제의 간결함과 절제된 언어로 접근 하여 쓴 이의 감정과 배여 있는

삶의 향기를 진솔하고 담백하게 읽는 이에게 전달하는 노래가

되어야 한다는 시인의 자존감으로 의 표현입니다.

그럼에도 독자들에게서 전해올 시선이 두려운 것도 사실입니

다.

자신의 속살을 진솔하게 드러내는 한 없이 부끄럽고 후회 할

수도 있으나 온전히 비워내고 비워 낸 만큼보다 더 많은 것을

채워 놓을 수 있으니 부끄러움 보단 새로운 인문과 창작의 기

회가 다시 찾아오는 것은 아닐 런지„„

글쓴이는 살아오면서 느끼고 체득한 일상이 단초가 되어 마음

의 단편을 작게나마 표현 해 보고자 문학적, 학문적, 구도 형식

에 얽매이지 않고 직관적 琴線(금선)으로 詩作 하였음을 말 할 수

도 있을 것 같습니다.

譚詩(담시)만을 하고자 하였으나 애매모호하게 또 다른 敍事(서
사), 抒情(서정)등등을 오가며 Ballad도 상상 했지만 詩作 노트에

생각이 떠오르는 대로 落書(낙서) 하였음도 아울러 전 하겠습니

다.

살아온 시대는 경험컨대 행복이나, 기쁨, 즐거움의 일상 보다는 해방 후 사회 의 이념 갈등, 6.25 전쟁 후의 사회적인 갈등, 암울한 경제 여건, 교통, 통신의 불편, 등 수 없는 어려움은 하루를 살기 위해 매일 땀 흘릴 수밖에 없는 매우 고통스런 세월을 거치면서 가슴속에 흐르는 허무함, 슬픔, 그리움, 이별, 비련, 등 pessimism이 가슴 깊숙한 곳에 원천으로 자리하고, 신체의 부조화역시 가슴에 멍울로 남아 시의 표현 또한 동시, 동화적 밝음으로 흐름이 바뀌지는 못하였지만 詩作의 흐름은 내재 된 마음을 토해낸 후 점점 우주의 시공과 자연으로 옮아가는 긍정의 표현이 되는 것 같기도 하였습니다.

한편 가능하면 많이 사용하는 일상의 언어로 쓰고자 생각 했습니다, 한자와 몇 단어는 너무 예뻐 모른 척 사용 하였습니다 만, 이런 경우 대개 주석을 붙였습니다. 詩는 문장이나 글씨를 눈과 입으로 읽지 않고, 마음의 눈으로 한자 한자 가슴에 담아 되삭여야 의미를 더 한다고 배운 것 같습니다.

시집과 수필집을 통합 출간 하려 하였으나 편집자의 강한 불만? 으로 수필집은 통권 3집으로 이어서 곧 출간 하려 합니다.

차 례

Prologue 05

Epilogue

제1노래
가족에게 쓰는 편지

고향 집

내 잊고 살았네
고향에 두고 온 내 기억들
도회지 군상들 틈에
이리 저리 쫓긴 세월
훌쩍 주름 깊은 望八이 되어

기억 속 옛 사랑도
코 흘리게 동무도
시간 흘러 겹겹이 이끼 낀
가슴 한켠 희미한 기억
바람 따라 흘러 가버렸네

내 놀던 고향 집
이제는 온데 간데 없고
이방인 되어
낯 익은 고목 한그루
기억 해줄 뿐이네

이제는 낯선 추녀 밑
빗물 고인 웅덩이 물결

흰 저고리 울 엄마
흰 두루마기 울 아부지
幻影만 춤을 추네

오늘밤 서러운 발길
희미한 여인숙 찾아
지새우고 지새우며
고향 잃은 가슴
한가득 흐르는 눈물
소리 없이 절규 한다네

*望八: 고희를 지나 80을 바라봄

과수원 길

바람길 따라
앞산 허리 돌면
언덕 넘어
나무 숲 그 곳에

우물가 널 부러진
포도나무
작고 예쁜
오두막 집 하나

뒷마당
사과 꽃향기
앞 너른 언덕 빼기
배 꽃 향기

벌 나비 어우러
춤추며
산비둘기
날개 짓 하네

커다란 복숭아
그늘 밑
가을걷이
근심 되어

중천에
막걸리 한잔 술
울 아부지 지쳐
잠 드신다

흐르는 시간

열 살 작은 손주가
할비를 찾는다
옆에서 키를 잰다
내 이마를 넘었다
큰 손주 녀석 또 잰다
이미 할비를 넘었네

너희 세상 오기 전
황금 빛 용이
또아리 틀어
할비 꿈속에서
진즉에 만난 적 있다

내 할비, 아비, 나. 내 자식, 손주
성큼 성큼 세월 흐르며
가랑비 어느새
소나기 되어
강물 넘쳐 바다 이루니

어느덧 棟樑材 되어

내 너희 희미한

그림자 될 때

빛바랜 사진 한 장쯤

가슴 품어

사랑을 노래 하여라

*棟樑材동량재:대들보

손주들을 만나며

손자들에게

새벽 햇살 받으며
길을 걷다 보면
파랑새
노래하는
그 곳으로 이어지지
그 길에
나뭇가지
바람 노래 들어 보렴

비상하는 작은 새의
날개 짓을 보렴
새벽이
올 때마다
아침 탄생을 보렴
그 속에
어둠이
사라지는 것도 보렴
떠오르는 태양의
찬란한
기적을 보렴

그리구 탄생과 죽음의

지혜를 보렴

모두는

너희를 위한

합창이란다.

우리 아가야

울엄마

울 엄마 손짓 보며
꿈길에서
하염없이 울다가
돌아 오네

포근한 엄마
따듯한 가슴
마음 절여
발 거름 무거워

이승에서
진자리 마른자리
키운 공 모르고
불효 하였네

가르침
미처 받들지 못하고
불효자 되어
속앓이 하셨지

철들어

불현듯 어미 찾으니

황금 나라 새들이

노래하는 천상에서

불효자 염려하니

불효자

十王 앞에 심판 받을 때

목 놓아

통곡 하리오

*十王시왕:사후 죄과를 따지는 열명의 왕

아부지

비틀 걸음 우리 아부지
표정은
웃음 짓는 하회탈
근동 아재랑
한잔 하셨네

몸빼 저고리 휘날리며
울 엄마
밥 짓는
솥뚜껑 소리
사립문 밖 흐르네

울 엄마 바가지 깨지고
양재기 깨지는
볼멘소리
해는 뉘엇 뉘엇
아부지
발걸음 재촉 하는구나

嗚 裂(오 열)

흐르는 눈물 멈추지 않네
그대와
가시버시된 세월

오십년 긴 세월
돌아보니
흐르는 눈물 멈추지 않네

西方禮節
지키지 못하여
이 난감함을 어이할까?

지나간
悔恨이 歎息되어
이끼 낀 검은 바위 되었소

그 고운 손
온데 간데 없고
그 고운 속내 상처 덧나
애처롭게

빛 잃은 인형은
덧없는 세월을 노래하네

서산 붉은 노을 길 갈제
그대 외롭지 않고
그대 두렵지 않게

두 손
꼭 잡고 함께 가리요

*西方禮節:六方禮經중에서
*가시버시:부부를 겸손하게 표현하는 우리말

여 보

그 예쁘고 고운 청춘
헤일 수 없이
많은 별들 중에
하필 인연 되어
못난이 되었소

차라리
그것은 아름다운
기적
내게는
큰 축복 이었소

문풍지 삭 바람
노래 소리
추운 겨울밤
화롯불 두고
우린 꿈도 꾸며

아이들
울음소리에

희망도
노래 했구려

철없이
세월 훔쳐 버린
잃은 세월
야속도 하련만
잘 다녀오시오

옷매무새
매 만지는 따듯한 손길
세월은
어느덧 향기 되어
구수한
묵은 장 맛으로 변했소

이제는
할비 할미 되어
세월을 노래하며
함께 가는 길
참으로 고맙소

엄마

봉화산 높은 소나무에
보름달 걸어 놓고
하늘 가득
수많은 작은 별
이야기 꽃 피운다

댓돌 멍석에 감자 몇 알 두고
헤진 양말 기우시며
우리 뉘이고
옛날이야기 들려 주신다

엄마 무릎베개에
하늘 보며
별똥별 긴 포물선
별 헤다 잠들었던 그 기억

달빛 기웃거리는
방구석
엄마 조용히 불러 본다
지금 어디 있어?

엄마는 서러움도
애달픈 통증도 없었나봐
그저
자식 생각 뿐 이었나요?

작은 별이
총총한
깊은 밤 홀로
인고를 견디었을 엄마

어떤 그리움이 이 보다 크랴?
분에 넘치는
기쁨 내게 올 때
그 기쁨은 차라리 엄마 것이라

엄마의 깊은 사랑 생각하며
엄마 영혼 머문
그곳에
무릎 꿇고 두 손 모읍니다
엄마 지켜주지 못하고
함께 하지 못해
미안해

그리구 보고 싶어

너무 보구 싶어
먼 산 하늘 바라 보다
진한 눈물 몇 방울 흘리는 게
고작 내 전부일 뿐 입니다

딸아

살며시 손 잡아본다
따스한 체온 전해 오나
야윈 손 애달프다

반백년 세월
짝 없는 외톨이 되어
애비 가슴 편치 않다

웃고는 있지만
동공 허공에 머무는 걸
어찌 모를까

못난 애비 걱정 말고
애비 대신 회삿 일
고단한 일상
네 가슴 피멍 토해 내거라

딸 하
미안타 미안 하다
내 가면

애비 족쇄 풀어

네 마음껏 높이 날아라

사랑 한다

며늘 아가

아이 낳아
힘들고 서러운 일상들
반쯤은 키웠으니
이제 쯤
한숨 돌리렴

어려운 살림살이
시 애비 되어
보듬지 못하고
모른 척 하였으니
이를 어쩌나

시어미
따뜻한 된장국
말없이 가득 건네는
속 깊은
사랑 이란다

아가야
아이들 장성하여

웃음 꽃 피우며
인생 찬미 할 때

내 먼 길 찾아 가면
칙칙하게 바랜
기억 속 애비에
웃으며 물 한잔
손 한번 꼭 잡아 주렴

無 量

세상의 시작은
어머니요
어머니 마음은
무량이라

무량인즉 한량없이
맑고 고요하고
모두를 품어
사랑하시는 성품이라

어머니를 따라 하면
무엇이든
큰 가르침으로
세상을
살아 갈수 있으리라

참으로
이승 떠나실 때
손에 쥐어
남겨 주신 말씀

無量淸靜正方心

되 뇌이며

그리움

목메어 꿀꺽 삼킵니다

*무량청정정방심:오직 한량 없이 맑고 고요하며 바르고 모나지 않는 마음

누이야

심장 반쯤 버리고
오랜 만에
괴산 누이 집을
찾아 든다

주름진 마른 몰골
고연히 가슴 저며
인타까운
세월이 야속하다

이것저것 많게도
채 운다
정까지
온통 몽땅 채 운다

그리고
버린 심장 깊은 곳에
엄마 닮은 모습
한 가득도 채워준다

憐 憫(연민)

꼬부라진 허리
양손
떠 받쳐
걷는다

땀방울 흘러
콧잔등
훔치며
걷는다

밭고랑 헤매
감자 한 솥 지은
힘든 허리
긴 숨 토하며
걷는다

가여운 엄마
땀 젖은 흰 수건
몇 번을
쥐어짰는지

참으로

혼미하여
앞을 볼 수 없습니다
인연 된
그 세월 얼마 였던가

인연되어 얼마나
긴 세월
하염없이
가슴앓이 하였나

손발이 뭉개지는
고통도
가슴으로 견디어 준
인연 아니었든가

늙고 병들어 초라한 지금
나는 사람이 아니고
남세스런
분명
분칠한 광대 였습니다

이제 서서히 조명 흐려진

무대에서 내려와

따듯한 한마디

참으로 고마웠습니다

九天 열차

떠나는 플랫폼

머뭇머뭇 끝내 못 다한

따듯한 한마디

참으로 사랑 했습니다

*九天: 가장 높은 하늘
*남우세.남세.남사:부끄러운

엄마 아리랑

산 넘어 파란 물가에
가신 님
옛 흔적 담아
흰 종이배 띄우네

이승에 자리 펴고
사랑하고 미워한
세월
왜 왔나 싶었는데

아리 아리 고개 넘어
봇짐 이고 가는
울 엄니
품은 황금 보물
모두 나눠주고
忍苦의 세월만 담아 간다네

어쩔거나 어쩔거나
흰 종이배
속절없이 흘러

九泉강 이르네

아리랑 아리랑 아리랑

九泉: 땅속 깊은 강.黃泉. 혼이 머무는 지하강
우리엄마 마지막 임종 병상을 회상하며

우리 부부는요

우리는 날줄과 씨줄로 엮은
부드러운 윤기로
말 없는 사랑을 합니다

파르르 떨리는 가슴으로
눈빛만으로
사랑을 전해 줍니다

사랑 한다는 말은 아끼고
몸짓만으로
사랑의 기쁨을 말 합니다

가슴은 온통 붉은 장미의
향기만으로
사랑을 노래 합니다

마음은 눈부시도록 맑게
따뜻한 달빛만으로
사랑을 눈부시게 합니다
힘겹게 삶과 싸울 때도

따뜻한 손길 내밀어
사랑을 찰 지게 합니다

참으로 가슴속 창 한켠
열어 놓고
라이락 향기 짙은

떨어져 있어도
코끝에 닿는
그런 사랑이며 友情 입니다

동생아

아버지
헛기침만 하신다
초등 오학년 막내
공부 걱정이시다

어려운 시절 칠 남매
어깨 무겁던
아버지 형
표정이 예와 다르다

서울 둘째야
막내 너희 집에 보내어...
순간 신혼중인
우리는 아차 했으나
어차피
백지장도 맛 들겠다

서울 온 어린 동생 눈
멀리 떨어진
엄마 품 그리워

눈가에 그리움 맺힌 걸
어찌 몰랐겠는냐

만 샀 아내
따스한 마음으로
어린 동생 보듬어 주니
염치없고
고맙기 한량없어라

진학 못 시킨
애잔함이 아직 내 아내
가슴 한켠 있으나
바르게 세월 견뎌
벌서 환갑이 되었구나

올 곧은 사업주 되어
식솔
포근히 품으며
다복한
일상 볼 수 있으니
막내야
세월 잘 이겨내어

이렇듯

큰 보람 주니

이 또한 고맙고 고맙다

현정이 동생 사업장 둘러보며

제2노래
고향 연가

동구 밖

아…
덜커덩 시골 버스
거친 손 모아
애절하게
그리운 자식 기다리네

잠시 만나고
보낼 걸
아쉬움 슬퍼하는
어미의
애절한 아리랑

앞산 기슭 휘돌아
뾰족 봉우리
흰 구름도
애달퍼
그 자리에 주저 앉는다

봉화산

봉화산 절벽 끝
그 높은 곳
소나무 한그루

비바람 맞고
천둥 번개 견디며
구름과 벗하길

긴 세월
산신령 되어
손짓 하네

산객으로
고개 마루 숨차 오르니
소쩍새
소쩍 노래하고

고운 진달래 벗되어
고향 떠난
그리운 님 오실려나

성황당 돌무덤 쌓누나

*봉화산:고향 진천의 높은산

鄕 愁(향수)

까까머리 단발머리
기억은
희미해져
흰머리 雪岩 되어

뒤 돌아 보면 어느덧
내 자란
白沙川 황금뜰
鎭川이어라

개똥벌래
옛 동무들
흰 구름 바람결에
소식 전 하리

꽤나 그립다
보구 싶다
오늘따라 푸른 달빛
청명하기도 하여라

*白沙川백사천: 진천 한가운데를 관통하는 하천

친구

내 동무 잘 계시는가?
무릎 다리
아프단 소식
남녘 바람결에 들리네

어쩌다
이토록 허망하게
세월을
잃어 버렸나?

그 고왔던
단발머리는
어쩌구
白雪이 되었는가?

앵두 입술이랑 그 도도함은
어찌 되었나 말이다
무심한 세월
힘들지 않았나?

친구 되어 소식 전할제
녹슨
내 심장도 괜히
쿵쾅 쿵쾅거려 설랜다네

서산이
아직은 멀리 있으니
탄식 말고
기쁜 마음 사시게

亡 草

너른 들판에
소금 뿌려
망초 꽃
활짝 노래 하네

활짝 핀 꽃술
이슬 머금고
햇살 따라
반짝 이네

무심한
황소 뒷걸음질
망초 꽃
절규하며

꽃술에 맺인 통증
온 산하에
향기 전할 때
여름 소낙비 무심도 하네
벌 나비

망초 꽃 희롱하며
슬픔 나누며
너와 속삭일 때

심장에 흐르는
뜨거운 갈망은
차라리
너른 들판 고향이어라

징검다리

아부지 심부름 길
연초 진액 배인 할부지 사는 집
술 한 병 안고
화산리
삐끌 뫼 간다네

가는 길
괸돌 그림자 밑에 쉬다
굴티 이르면
세금천 고갯길
삐끌 뫼로 이어지는 징검돌다리
천년 전 기암괴석으로
저리도 아름다울 수 있는가

마을과 마을
옛적과 지금
너와 나 이어 지네
고갯길서 내려 보니
커다란 지내 한 마리 닮아
蟹다리 놓다리라 한다네

삐끌 뫼 숲속

개호지 눈이 매서워

주먹돌 성황당에 냅다 던지고

살 고갯길 줄행랑 쳐

할비 품에서 엉엉 울었다네

*괸돌:고인돌
*蟹다리:진천 문백에 소재한 고려 초 건설된 28칸의 국내 최고의 돌 다리
*삐끌뫼:가파른 잘 미끄러지는 화산석 부스러기 고갯길
*개호지:힘이 없어 무리에서 이탈되어 개나 가축을 잡아 먹는 늙은 호랑이

갈 망

드높은 맑은 하늘
새털구름
정답기도 하여라

솔바람에 너울 치며
동물원
마구 그려 낸다

아기 구름
기러기 되어
고향 하늘 날아라

소식 끊긴
벗들에
소식 좀 전해 주렴

복숭아 꽃
동방삭 되어
삼천갑자 되어라

고향 땅 장승 되어
내 가거든
요란히 함께 노래 부르자

이 별

한 여름 징검다리
점 점 박혀
이별을 이야기 하네
시냇물 미움과 사랑
뒤범벅 갈무리 하며

고향 백사천
하늘 높이 물총새
오를 적
우리는 물길 한쪽
돌무덤
사랑 탑 쌓았다네

눈망울 깊은 속속
머무는 아련한 기억들
가슴속 져며 드는
낙엽 뒹구는
가을되어 이별 준비하고

눈송이 휘 몰아치는

겨울이면 떠나

남녘 봄바람에 실려

징검다리

다시 찾아 돌아 오려나

비 온 뒤

온 들판이 물로 넘친다
도롱이 두르고
논두렁길 삽자루 바쁘다

하얀 왜가리도 덩달아
숨 찬 개구리도
내 걸음도 빨라진다

물 흠뻑 먹은
초록 친구들
함박웃음 빛나고

냇가 피라미들 덩달아
신이 나
여울 뛰어 오른다

동네 누렁이도
모두가 살아 숨쉬며
생명을 노래하는
뜨거운 햇살을 맞는다

한 점 떠있는
흰 구름도
푸른 창공 유영하며

큰 그림 그리니
내 마음도
햇살처럼 참 평온하다

*도롱이:볏짚,갈대로 만든 농부들이 걸치는 비옷

기억속 수채화

가슴 주머니 칸칸이
설렘 한 가득
아부지 엄마
영혼 깃든 너른 고향

한달음 숨 가쁘게
달려 왔구나

선명한
푸른빛 초록빛 수채화들
온데 간대 없이
사라진 桑田碧海라

생경 맞은 풍경들만
어지러이 있네
사방 둘러보아도
그 많던 옛 친구들

정다운 황톳 집들
냇가 빨래터

들판 수목들
더는 보이지 않고

나 혼자
쓸쓸한 이방인 되어
멈춰 버린 이 시간
서글픈 마음

가슴골에 깊이 감추고
서러운 발걸음
되돌릴 뿐이네

*桑田碧海상전벽해:뽕나무 밭이 어느덧 바다로 변할 정도로 세상이 바뀐 모습

회 상

맑고 푸른 하늘
넓은 들에 초록 빛 물결
고향 내음 한 가득

그리운 황소울음
해질녘 왜가리 울음소리
어찌 잊을까

초가집 굴뚝 연기
바람에 실려
뒷산으로 퍼질 때
울 엄마 밥 짓는 소리

아 그리워라
벌거벗은 물장구 물결
무지개 빛 물보라

은 구슬 되어
여린 꿈
영롱 하였네

가 버린 옛 이야기
돌아보면
어느새 나 황혼 길 잊고

주춤 주춤
소달구지 소리만
귓전에 맴돌 뿐이네

고향 길

엄마 젖 가슴처럼
포근한 길
그 곳엔 엄마의
긴 탄식이 애달픈 곳

고추잠자리
손가락에 사이에 끼우고
호박꽃 칠한
큰 잠자리 유혹하는 곳

송사리 몇 마리 잡아
유리병에 넣고
학교 다녀오면
먹이 주던 곳

신작로 누렁이 달구지
덜커덩 덜커덩
올라 타
신나게 놀던 곳

시리고 밝은 달밤
꼬마 친구들
시끌 시끌
숨박꼭질 하던 곳

그 곳은 예쁜 동화의 나라
잊지 못해
점점 더 커지는 그리움은
타향의 서러움 일까?

고향 친구들

몇 십 년을 지나
못 만났어도
생소하거나 수줍지
않습니다

그저 그 자리
고향 땅 그곳에
머문 수호신 입니다

그리움과 아잇적
사춘기의
아름다운 흔적을
상상케 하는
그런 친구들입니다

몽돌 줍듯 떠 올리면
함께 있지 않아도
설레는
허기는
행복이 됩니다

풍경화

하늘엔 별들
숨박꼭질
땅에는
민들레 달빛들이
바람과
어우러 춤을 추네

아련한
풀벌레들의 합창
흰 구름 강 사이로
노 젓는 달빛들의
정다운 노래들

동산에
붉은 햇님 솟을 때
수줍은 달빛
사라지고
너른 들판
느린 걸음
황소울음 정겹네

제3노래
세월의 흔적

望 八

남은 세월
붉은 서산마루
흰 구름이랑

아름답게 노닐다가
나
훨훨 떠나리라

그대들의
아쉬움으로
총총히

내 어미
계신 멀고 먼
해너미로 떠나리라

그대들의
그리움
꼭 껴안고
내 아비

계신 멀고 먼
해너미로 떠나리라

그리고
참으로
고맙다고 말 하리라

바보의 꿈

겨울밤 찬바람
슬픈
肺腑를 후빈다

술 한잔 또 한잔 마시며
초록 열차 타러
꿈길로 떠나야지

이토록
채울 수 없는 꿈에
절망하고 절망 할까?

이름 모를
작은 새처럼
자유로운 세상

아득한
하늘 심연 바라보면
잊을 만하다만
한잔 술 더 비우며

초록 열차 타고
머나먼 꿈길 떠나야지

*肺腑(폐부):깊은 속마음 one`s inmost heart

길

동산의 오르는
해 따라
그길 집에 가는 길

나무와 바람이
노래하는
따뜻하고 다정한 길

새벽이슬
고무신 적시며
들꽃 따라 가려네

참새
날개 짓 하는
너른 들판

우리는
춤추고 노래하며
그 길 따라 가려네

歸去來兮

나 여신으로 부터
세상 올 때
개구락지
닮은 裸身으로 나와

명주 저고리
한 장 얻어 걸치고
어미 젖가슴
웃음으로 세월 가니

어느새 세월은
얼라 사람 되어
금은보화 가득히
교만하여라

넘치도록 채우고
채운 욕심
영원함이
결국은 잿빛이어라
나 염라대왕이

만나자면

차디 찬
대관령 북어 꼴 되어
거친 삼베옷
한 장 얻어 걸치고

차디 찬 나무 통속
두 눈 꼭 감고
슬픈 눈물
몇 방울만
얼어 갈 뿐이라네

귀거래혜:진나라 시인 도연명 "돌아가노라" 시 제목

無間道

望八에 無間地獄 둘러보니

뱃속에 金銀 寶貨 가득 한 놈
뱃속에 色界 欲望 가득 한 놈
뱃속에 腐弊 權力 가득 한 놈

伍賊들의 狂氣 가득한 우리
부표종이 圖章 날려 쓰러내고

悟寐 不忘 無間道에 다다르니
萬化方暢 綠陰芳草의 계절이라
온天地는 新天地되어 노래하고
민들레홀씨 춤추며 消息 전하니

소 돼지우리 靑牛台 구경 하자
푸른 하늘 푸른 잔디 내 달리리

*無間道(무간도):번뇌에서 벗어나 새로운 경지에 이름
*無間地獄(무간지옥): 끝임없는 고통의 팔열지옥중 하나
*五賊(오적): 을사오적. 혹은 김지하 시인의 오적. 부패한 권력자
*寤寐不忘(오매불망):자나 깨나 잊지 못함
*萬化方暢(만화방창): 수많은 종류의 꽃들이 사방에 널려 있는 봄 풍경
*綠陰芳草(녹음방초):우거진 숲으로 여름 풍경을 이름 *우리: 가축 기르는 축사

되는 대로(無爲寂靜歌)

내 사는 세상사
배고프면 밥 먹고
목마르면 물 먹고
아프면 약 먹고

피곤하면 쉬고
졸리면 잠자고
울고 싶으면 울고
잠 안 오면 별 보고

슬프면 위로 받고
보고프면 만나고
떠나고 싶으면 떠나고
취하고 싶으면 술 마시고

내 인생 풍물패 되어
즐겁기만 하니
춤 한판 추세
덩더쿵 덩더쿵 덩더쿵

서러워

두 눈 눈물 머금어
가득 채워 둡니다
그리움 서러워

무수한 별들도
가득 채워 둡니다
그리움 서러워

수없는 흔적들도
가득 채워 둡니다
그리움 서러워

가슴 한편 그리움
가득 채워 둡니다
그리움 서러워

행복

잔물결 위에
흰 종이배
살랑 살랑 여울 따라
어디로 가니

푸른 하늘에
흰 쪽배
흰 구름 바람 길 따라
어디로 가니

가슴 한켠 속에
향기 가득
잔잔한 숨결 따라
어디로 가니

무지개 너머
님 계신 곳
아까시아 향기 따라
고운 파랑새 되어 먼 길 떠나려네

시냇물

잔잔한 시냇물
너는 어디서 왔니
먼 산 너머
그리운 님 눈물샘에서
무엇이 슬퍼
이리 오래도 왔니?

저 여울 넘어
초록 바위 휘돌아
송사리 떼
잔물결 실개천 따라
억세 풀
사이사이로 흘러 왔니?

플라다나스 나무 잎 새
한 장 띄워
가슴 아픈 애절한 마음
전하려니
나무 그늘 아래서 편히 쉬려나

강가에서

검붉은 강물이
거칠게 흐른다
가슴속 이야기
한가득 품고 흐른다

슬픔을 토해 낸다
두 눈 속에
흐르는 강물은
탄식이 되어
肺腑로 흐른다

기쁨은 강가
수양버들에 걸쳐 놓고
아픔도 슬픔도 모두 다
말끔히 가져가라

가버린 강물이 서럽다
가슴속
흐르는 강물 소리는
차라리

절규가 되어 메아리 친다

모든 것 품어 안고
흐르는 강물은
안타까움과 절망이
범벅 되어
무심한 듯
야속하게 흐르는 구나

가슴속 강물은
슬픔을 노하는데
강가 수양 버들가지들은
웃으며
마구 마구 손짓을 한다

두 눈 한가득
눈물이 흐른다
여울에서
흰나비 춤을 춘다
따뜻하게 흐르는 눈물은
갠 파란 하늘
세상을 모두 담는다

꼭꼭 담아
날아가지 못하도록

드높은 맑은 하늘을
또 바라 본다
비로소 이곳에 선
안식을 얻으려나

흔 적

세월 흘러 주름 겹치니
겹겹이 쌓인
묵은 흔적
탄식이 되어 울부짓네

후회 해보고 또 해봐도
그냥
먼 산 바라보며
엉킨 세월 노래할 수 없네

어이 하나 어이 하나
고독한 영혼 되어
오는 세월
몰래 숨어 보자

달님이랑 별님 따라
나 서산 길 나설 때
슬픈 흔적 땅속 깊이
숨기고 외롭게 가겠네

세 월

솔솔 바람에 실려 가는
내 마음
닿을 듯 닿지 않는 그곳

희미한 별빛
아득한데
재촉하는 세월 야속도 하네

구름과 벗하며
별빛 희롱하니
가슴속 가득 담아 놓은

먼지 쌓인 이야기들
이제 토해 낼까?

차라리
얼마 남지 않은 세월
이 자리에 박제 되어
그리움도 슬픔도 없는
마른 枯木이 되리라

울 보

하염없이 소리 없이 운다
반쪽 달
구름 품에 묻혀
조용히 흐느낀다

흘러간 세월 아쉽고 애처로와
마른 억새
실성하여 허공에
피 멍울 맺힌다

참회하고 또 참회한들
가버린 보름달
휘황한 빛무리
반쪽 달되어 이리도 슬프구나

서럽게 울다 잠들면
저 무지개 넘어
파랑새 만나
잃은 보름달 찾으려나

어디서

우리는 어디서 왔을까
작은 먼지로
놀던 아주 먼별에서
한줄기
별빛 타고
사랑 따라 먼 길 왔네

우리는 어디에 있을까
푸르고 예쁜
작은 지구별
간이역에
흐르는 시간 타고
잠시 방랑자 되었네

우리는 어디로 가는가
넓고 넓은 먼 별나라로
흰 뭉게구름 타고
외로운 영혼은
종착역 찾아 흐르는 중이라네

공사판

길 만들랴
언덕 허리를 헤친다
무성한 들풀들이 아프다
개미 곤충들이
떼 지어 이사를 한다.

윙윙 기계음들은 더욱 거칠다
생명들이
점점 소리 내어운다
뿔뿔이
주검 되어 통곡 한다

이리 저리 치인
그 길에
사람들 히히덕 웃음 짓고
먼지 뒤집어 쓴
도락크 내 달린다

어쩌랴 어쩌랴
우리네 공사판

내 인생 또한 그러니 어쩌랴

아픈 설움이랑

또 잊고 살아야지

無 想

네 그렇습니다.
이 드넓은
세상에
도대체 난 누구일까?

질문 수없이 해보지만
아무것도 아님을
깨닫는 데는
그리 오랜 시간이
걸리지는 않았습니다

시공간의 에너지로
하루하루 버티는
볼품없는 유기체임을
깨닫는 데도
그리 오랜 시간이
걸리지는 않았습니다

처절히 사랑한 기억도
처절한 삶의 단편들도

세상엔

그저 아무것도 아닌

흔적임을 알았읍니다

미치도록 쓸쓸한

이 겨울 끝자락도

세상엔

그저 아무것도 아닌

흔적일 뿐입니다

잠 못 이루는 이 밤

아무것도 아닌

덧난 상처들

내겐 너무 힘겨워

한 잔술 벗 하렵니다

그리고

이 고통 들어 주는

그대 있어

이 한밤 미소를 띠울 겁니다

친 구

친구 되어 전화 한통
메일 한통
그리 인색들 하시나
그리 않기를 희망 하네

그건 친구가 아니기
때문인가 보다
그건 친구에 대한 예절이
아니듯 싶구나
내 착각하고
세월만 보낸 듯하네

오랜 세월
빛바랜 흔적
밤새 지우련다
悔恨이 歎息되어
안타깝기도 하구나

술 한잔 비우니
가슴 통증은

깨지는 듯 하구나
친구야
미안타 미안하다

가슴아 가슴아
외롭고 쓸쓸한 이 밤
한번
엉엉 소리 내어
울어 주면 안 되겠니?

천둥 번개

검은 먹구름
서산에 병풍처럼
아마도
소낙비 오려나

온 하늘
휘 뿌연
재 구름
어둠 오려나

천둥 번개
요란히 부산을 떤다
앞산 나무
번개 불에 화들짝

온 들판은
천둥소리 놀라
발걸음
재촉 하네
한 순간

서산 하늘 길 온통 열려
한 줄기
누런 빛 토해 내내

닫혔던
가슴속 자리한
원망과 서러움
이제 토해 낼거나

갈구(渴求)

추운 겨울
삭풍에 밀려
바람 따라 세월 따라
여기 왔네

군상들 틈에
그루터기 되어
초록빛
온데 간대 없네

별빛 목침 삼아
꿈꾸던 세월
달빛 소나타 흐르는
일상은

군상들 틈에
힘없는 외침되어
오늘도 소리 죽여
절규 하네
어두운 밤

검고 깊은 하늘은
별 빛마저
희미하고

별똥별마저
저 멀리 달아나네
이 고통의 桎梏을
언제 쯤 벗으려나

*갈구: 애타게 기다림
*질곡: 刑具.매우 고통

야경

큰길 희미한
가로등 밑
반쯤 열린
대포 집

붕어빵 굽는
힘 잃은 노파
생선장사
모닥불 희미하네

얼마 걸어
휘황한 네온 거리
젊음이
우글거리는 술집들

큰길 가득 시끄러운
자동차들
네온 가로수들
온통 비틀 대네
지하철 삼호선

군상들 꼭 차

두리번

자리 없어 헤멜 때

하나 둘 서둘러

어둠으로 가니

종점 이르러

발걸음 무겁기도 하네

안타까움

동산 휘돌아 간다
나무야 너는
늘 이렇게 그 자리에
다리 아프겠네

먼 산보며 누굴
기다리나
키가 커서 바람과
친 하겠다
종다리와도 친 하겠다

바람과 종다리에
전해주렴
많이 아프고
서럽고 외롭다고

가슴에 흐르는
눈물은
그냥 외로움이고
안타까움이라고

물망초

흔들리는 꽃바람
네 모습 담아
우리 님 전해야지

연못에 비친 너
무슨 사연 담아
눈물 흐르니

꽃 잎새 떨구어
잔물결
하 이리 한도 많니

방 한켠
우리 님 화병에
함께 쉬면 안 되겠니

경이롭다

우주 캄캄한 심연
천억에 억조를 곱하여
별님 헤아리네
아주 먼 별빛 백삼십팔억년
億劫을 달려 이곳에 다다르네

심연은 이곳에
사십 오억년 전
예쁘고 푸른 작은 지구별 조각 해 놓고

해와 달 그려
바람과 구름 만들어
온갖 만상 탄생 시키네
참으로 경이롭다

검고 푸른 바다
태양빛 토해 내어 세상 비추니
제 갈길 따라 노래하며 춤추네

*億劫(억겁):헤일수 없는 오랜시간

목마름

이산 저산 산등성 헤멘다
목마르다
구름 잡으러 숫 노루 �뛴다

뛰다 큰 뿔 나무에 걸린다
아프다
이리 저리 암노루 내 달린다

숫 노루 처지 참 힘들다
불쌍도 하다
구름도 암노루도 모두
사라진다

아픈 몸 달리고
아무리 뛰어도
숫 노루 애 달퍼
몹시 목마를 뿐이다

회 한

하
푸르다
눈에 담은 하늘
명경에
비처진다

가슴 한켠
꼭꼭 숨겨 놓았던
먹구름 한 점
떠 있다

먹구름
한 점
낙서 되어
지운다

실성한 눈물
눈물 속
한가득
푸른 하늘만 담았다

시리다

먼 북한산 그림자
傳說 품은
봉우리 마다
始原 품은
골짜기 마다
너무 예뻐 가슴 시리다

멀리 내려 보이는
유리 시멘트 덩어리들
애환 품은
뒷 골목길
욕망 품은 큰 거리
애처로와 가슴 시리다

날개 달아
산마루 높이 날아오르자
날아올라 예쁜 것만
마음 속 깊은 곳에 꼭꼭 숨겨 두자

*始原(시원):처음.근원

개 미

무심히 내려 본다
제 몸 보다 더 큰
풀 나비 하나
짊어지고 간다

비틀 비틀 작은 돌 피해
힘겹게 이고 간다
지처 쉴라 하면
친구와서 돕는구나

어느새
몇 걸음 만치
풀 속으로 이고 간다

힘든 고통 알기나 한지
가는 길 알기나 할까
얼마나 걸려
기다리는
제집으로 가는구나

흔 적

오늘 늙어 간다
늙는 게 아니라
세월 먹고 마음이
더 넓어진다

찌든 내 나는
세월도 나는 어차피
깊은 주름에
모두 품는다

세상 모두
가슴에 품어
나는 모른 척
더 많은 것 품 는다

창문 닫아라
날아갈라
품은 흔적
차곡차곡 접어
깊은 골짝에 숨기련다

벗

오솔길 세월 따라
이끼 낀 바위
벗이 된 소나무

사이사이
쏟아지는 그림자
쉼터 되어
땀방울 맺힐 새 없네

천년 한 맺힌
속에 담아 논
아픈
진한 눈물 내어주는

깊은 송진 내음
가슴
가득이 담는다

仙人도 쉬어 간
천년 늘 푸른 소나무

바람 따라 솔향기
내 영혼 맑아져
변치 않을 벗
그리워 한다네

사월이 오면

사월이 오면
동면에서 깨어나
온 들판은
흙 비비고 움 터
초록 빛깔 준비 한다

개구리
깊은 잠에서
깨어나
웅덩이 찾아
검은 알 쏟아낸다

따사한 봄볕
뜰 안에
영롱한 햇살 주니
생명의 계절
다투어 봄맞이 한다

지나간 그리움도
아지랑이 뚫고

빛나는

광채로 다가와

사랑의 기쁨을 노래한다

봄아

봄아
왜 자꾸 가려 하니
문전옥답 파종도
아직 못 했다

봄아
조금만 기다려 주렴
강가 아지랑이
달아날라

봄아
돌 무덤가에
검붉은 할미꽃
아직 계시니

두손 잡고
이별할 겨를은 있어야지
봄아 봄아
그냥 이 자리
있으면 안 되니

아랫 강

여울목도

떨어진 진달래 꽃잎

입 맞추며 아쉬워 한다

친구들

한양 신대감 박대감
내외들
친구 찾아 먼 길 소풍 오네
완행열차 타고

양손 한가득
예쁜 이야기 품고
술병 들고
술독 빈 줄 아셨나?

먼길 와 療飢값 내고
다과는
덤이 라네
전대 빈 것도 들켰네

앞날 서리해둔
참외
한 조각
禮 갖추어
가는 표정 정겹고

난
쥐구멍 찾아
줄행랑

紙筆墨
근심 마라
손 흔들고 미소 지으며
떠난다네

*療飢요기:배고플 때 먹는 한끼 음식
*紙筆墨지필묵:종이.붓.먹등 글쓰기 재료

117

새벽

창문 밖
시커먼
하늘
새벽 햇살 어디 가고

온통 먹물 풀어
휘 갈기나
넘쳐 마구 마구
쏟아 낸다

앞 개천
검붉은
물길
덩달아 넘친다

하늘 바람 휘몰아
먹물 파도 친다
화가 나
우르르 꽝꽝 소리 친다
숨었던 햇살

살짝

얄밉게 쬐끔만

보여 준다

겁먹던 가슴

양손

가득

쓸어 내린다

층층이 나무

앞마당 층층이 나무
팔 벌려
눈송이 품어준다
층층으로 소복소복

징글벨 노래 울린다
오색찬란한 꼬마 등
반짝 반짝 꽃 피니
아이 웃음꽃도 핀다

철부지 강아지
아장 아장 아이들
눈밭에
까르르 뒹군다

온 동네 하얀 눈송이
미움과 서러움
달콤하고 포근하게
하얀 설탕가루 덮는다

보름달

창틈 사이
쏟아지는
달빛
가슴으로
한 가득 스며드네

새하얀 솜사탕
풍선 띄워
하늘 한 가득
은은히
부드럽게 밝히네

맑은 하늘 명경에 비친
조각구름
달님에
부딪혀 숨박꼭질
희롱 하며

하늘 가득 유희 하다
새벽 녘

갓 밝이

손짓하며

서산 집으로 흐르네

*갓 밝이: 새벽이 오기 전 여명

없다면

예쁜 꽃이 없다면
봄은 누가 부르나
벌 나비 없다면
열매는 누가 만들까

달 없다면
갯벌 조개는 누가 키우나
구름 없다면
강물은 어디서 올까

음악이 없다면
누가 위로 해주나
안해 없다면
양말은 누가 챙겨 주나

친구
없다면
외로움
어찌 달래나
겁이 난다

그 곳은 바로

빈 가슴

내 슬픈 마음이 였구나

어찌지

술잔 부딪히며
세상 끝인 듯
퍼 붓네
정겨운 말투 사라지고
점점 소란 스럽네

이 많은 군상들
무슨 사연 하 많아
몸짓에 웃음소리 넘쳐나네

비틀 비틀 계산서
하 어찌지
카드 확 긁어 버리자
마님
눈앞에 어른거려

시커먼 봉지 하나 들고
쥐 죽은 듯 골목길 갈 때
마님은 걱정되어 앞길
서성 인 다네

소나무

늘어진 천년 세월
落落長松
산마루
홀로
이 산 지키네

산허리 휘 감은
구름도
고향 찾아 가는
철새들도
자리 내어 쉬어가네

천년 솔 내음
온 산야에 뿌려
들꽃
산 짐승도
쉬어 간다네

호젓한 오솔길
들꽃

벗 삼아

네게로 가면

자리 하나 내어

줄 수 있겠니

*落落長松:오래되어 축 처진 소나무

시간

흐른다
언제부터
저편 멀리
쉼 없이
시공 따라 예 왔네

오는 길
서둘러 은하수 저편은
지나는 왔나
원혼들 마을은
들려는 왔나

내일 가는 길은
어디로 갈 텐가?
난
할 일이
태산 같으니

나 두고 홀로 떠나면 아니 되겠는가

은하수

오색 별빛 무리들
안개 강에
은하수 흐른다

남녘 하늘 지평선 넘어
억겁의 시간으로
밤이면 흐른다

아이 때 본 은하수
빛 타고
흐르고 흘러도

가름할 수 없이 너무 커
칠십년 지나 아직도
제자리 그대로

별과 은하수 그대로 인데
허락 받은 남은 세월
고작 십여 년

달팽이 보다

느린 時空으로 천천히

노래하고 춤추며

날아가고 싶다

안 개

너른 새벽안개 들판
산수화 되었네
산봉우리
우뚝 보인다

어젯밤
술 취해 님 에게
띄운 글
안개 속으로 사라지렴

가슴속 여울진
그리움도
안개 속으로
사라지렴

게스치레 풀린 눈
꿈 속
진한 입맞춤
사라지렴
희미한 가로등 밑

안개는 휘 몰아

연무되어

끝없이 사라진다

오늘 밤

심사 혼란스러워
가슴 저미는 밤
밤 개구리 요란하다

가슴속
하얀 창호지
먹물 풀어
憐憫을 그려 본다

빼꼼히 달빛
노크 소리
근심 버리고
함께 춤 추 잔다

한잔 술 넘기며
작은 가슴 두 드린다
아프다
모든 게 다 아프다

*憐憫(연민):불쌍하고 딱한 처지 상대의 처지를 안타까워 함
*내면에 일어나는 비극적 katharsis 무의식 상처의 정화

나 가네

참 긴 세월 잘 놀다
나가야 하네
어쩌다
뜻 모를 세상 나와

이쁜 사랑도
아픈 사랑도
백년 사랑
마누라와 손벽도 쳐보고

세상살이 에돌아
울어도
즐거워
웃어도 보고

막걸리 한잔 걸치고
세상 유람하며
그림 한 장
멋지게 그려
눈에 한 가득 담았네

고이 담은 것
가슴에
품고
재촉하는 노을길

앞 뜰
붉은 햇살에 묻혀
술 한 잔
엉엉 설움 토 한뒤

좀 더 머물다
천천히
가려 하니
재촉하진 마시게

토끼풀(크로바)

너른 학교 운동장
점점이 얼룩진
진초록 물감
꽃반지 만들어
예쁜 소녀에게 주네

세 잎 따서
귀한 인연 되어 행복을
네 잎 찾아
행운을
다섯 잎 찾아
축복을
여섯 잎 찾아
사랑을 노래 한다네

예쁜 소녀
오월 햇살 머리 이고
푸릇푸릇 진한 물감 들인
토끼 풀밭에 앉아
바람 한 점 사랑담아

흰 나비 희롱 한다

토끼풀 무성한
운동장 따라
깍지 낀
가슴 시린 기억
빛바랜 사진첩 속
그리움
절절히 노래 하네

논두렁

논두렁 길
걷는다
벼 포기 옆
이름 모를 친구들

저마다
우주를 만들고 있다
유영하고
곤두박질하며 어지럽다

풀 나비
들풀 사이로 펄럭이며
浮萍草 두둥실
달님 놀이 한다

반갑게
개구리 왕자 나타난다
한 발작 옮겨 보니
논두렁 꽁 나무 밑
지렁이도 살고 있구나

여기가 너희들 사는
마을 이구나
물이며 진흙이며 작물들
온통 너희들 마을 이구나

내 너희에게
선물 하나 주고 가련다
작은 돌 하나 퐁당
동그란 물결
물결타고 노래 하여라

*浮萍草부평초:개구리 밥

깊은 밤

온통 캄캄하다
그리운 이에
소식 전하려
지우고 또 지우다
밤이 깊어진다

희미한 가로등 불빛
밤안개 춤을 추는구나
희미한 기억들이
짜 맞추어 지고
춤을 추며
가슴이 설랜다

하얀 밤안개 세상 모든 것
지워 버린다
가슴 속
하얀 원고지 낙서도
지우개로 지운다

하얗게 변해 버린

원고지에
또 낙서를 해 본다
이내 지우기를 반복하다
결국
잠들어 꿈길에서
소식 전 하네

자화상

빼빼 마르고
키는 크고
흰 분칠한
삐에로 닮았다

겉모습은 단정하나
세상을
반쪽만 보고 사는
심술은 있다

심장이 탈이 나고
옹이 곪아 터져도
그대로
그냥 잘 살아 간다

보고 싶지 않은 것
못 볼 것
보고 싶은 것
잘 살필 줄도 안다
다툴지도 화낼지도

그리고 뉘우치면서도
때론 그리움에
사무칠지도 잘 안다

모르는게 있다
아는 기억만큼이나
내일은
모르겠다

서산길이 어디쯤인지도
모르겠다
떠오르는 것은
온통 오늘이
걱정일 뿐이다

밥통

소식 없는 친구들에
그렇게들
살지 말아라
밥통 같은 소리 전한다

마음이 무척 혼란스러워
시린 가슴은
후회로
메아리친다.

괜한 만용으로 불편들 했지?
울적해
투정 부렸으니
미안하다 사과 함세

바빠 소식 못 보내는
너희가
꽤나
그리웠던 모양이다
친구야

우리 청춘일적

짠네 나는

추억들

곱씹어

아직 살아 있음을

기억하고

싶을 뿐이었다

장맛 비

하늘이 꽤나
슬픈 모양이다
티브이는
온통 암울한
소리만 토해낸다

해괴한 사건
슬픈 영혼들의 죽음
위선자인 위정자들
권력 다툼
경제가
나락으로 떨어진다

주식 개미들
젊은 영끌 집 주인들
민초들
시장바구니 채울 수 없어
이자는 치솟고
환율도
끝없이 치솟는다

분명 하늘이 노 했거나
슬픈 모양이다
끊임없이
붉은 눈물 쏟아 낸다
고함까지 처 댄다
번갯불로 벌 할 모양이다

소리 없이 쥐 죽은 듯
가슴 한켠 연민들
큰 호흡으로 토해 낸다
근심 없는 그곳
가자 가자 彼岸의 언덕으로

*彼岸(피안):번뇌를 해탈하여, 열반의 건너편 (아제 아제 바라아제)
*걱정없는 언덕. 到彼岸(도피안)

겨울 나그네

삭 바람 몰아친다
사방이
눈에 덮인
꽁꽁 얼어붙은
자작나무 숲길

산 짐승 울음소리
삭 바람 소리
소스라치며
까마귀
죽음 잔치 벌리는 곳으로

허름한 코트 깃
여미며
겨울 나그네
수많은 사연 품은 채
터벅터벅 걷는다

저 건너 木爐집
희미한 불빛

탁주 한 사발
주모 눈웃음 한 사발에
언 가슴 녹이며

잠들지 마라
아침 오면
따사한 햇살에 실려 온
사랑에 입맞춤 하려니
쓸쓸함이 희망 되리라

달력

엊그제 설날이드니
하 세월 유수 같아
어느새
달력 반을 찢었네

해 논거라곤 낙서 몇 줄
나 세상 살며
요즘처럼
빠른 세월일 줄이야

할 일은
겹겹이
쌓여 있는데
휑한 가슴 무엇을 할까

아부지
어무니
영혼 집 다녀올까

남은 달력

여섯 장 들추니
병원 갈일 빼곡해
짬 내 산수경 유람할까

팔자에도 없는
헛 튼 소리
가슴에 담고 담은
소리 없는 애원들

제명 다 할때까지
애원일랑
멀리 멀리 보내고
소망만 품을래

들꽃

힘든 시간 이기고
시간 거스러
제 모습 찾았구나

이리 치이고 저리 치인
세월 감내 하며
이리도
이쁘게 태어 났구나

꽃술 마다
이슬 머금은 자태
차라리
영롱한 보석이어라

이리도 영롱하여
너른 들판에
팔 벌려
벌 나비 보듬는 구나

어느덧 계절가고

다시 올 때

달래 강 전설되어

예쁜 향기로

꼬옥 한번 안아 주렴

*달래강甘川: 청주와 속리산에서 발원한 남한강의 최남단

소금쟁이 뛴다

영낙 없이 나타난다
비온 뒤
물웅덩이 소금쟁이
뭐 그리 바빠 뛴다

긴 다리 잔물결 일어
물결 타고
뛰어 다닌다

수영도 잠수도 날지도
못하면서
마법처럼
잘도 뛰어 다닌다

사연도 모른 채
물 위를 그냥
힘차게 뛰어 다닌다

어쩌랴 햇볕 들면
그래도 숨을 곳 있으니

나 보다
네 신세가 좀 낫구나

미련한 나는
눕지도 쉬지도 숨지도
그냥
뛰어 다닐 뿐이다

시 계

삼 형제
보름달 집에
한 끼 나누며
평생 의 좋게
오순도순 붙어 산다

첫째 통통하나 키는 작고
쥐 죽은 듯 그대로
깜빡
졸다 보면
한 발자국은 가있네

둘째 야윈 듯하나
키는 크고
느림보 닮았으나
제 형 보다는 빨라
육십 보는 간다네

막내 삐적 마르고
키가 장대 같아

살 같이 뛰어 가니
큰형 한보 갈 때
삼천육백 보 간다네

삼형제 농간 속
우주를 만들어 시공을
유람하니
만물이 너와 함께
벗되어
세월을 여행하는 구나

느티나무 바람

한 여름 패랭이 꽃 따라
바람 휘 도는
느티나무
흰 구름도 날아간다

서럽다 서러워
긴 세월 까치 집
안아 주니
바람 타고 가 버리는 구나

바람 온 몸으로 맞고
가슴 매질하며
또 인연 있어
가지하나 내어주니
사랑 인가 보다

서럽다 서러워
떠날 인연
별 만큼이나 멀리
바람 타고 날아갈 인연

하늘과 별
닿을 수 없는 곳에
인연 전하려니
현기증으로
못난이 서럽다 서러워

아무것도

난 겁쟁이다
아무 것도 고뇌 않고
비겁한
세월만 쌓는다

들꽃은
봉우리 열기 위해
몇날을
지새웠는가

피 멍으로 얼룩진
단풍잎은
몇 날을
지새웠는가

누에는
나방 되려
옷을
몇 번이나 갈아 입었나
매미는

한 계절 노래를 위해
십여 년 인고의
세월을 어찌 보냈는가

긴 세월 지나
어른 되었지만
두꺼비 집마저
떠내려 보내고

쌀 뒤지는
여전히 비어 있다
난
무능한 겁쟁이다

내별

새벽 푸른 별
너무 시려
끝 모를 저곳

은하 강변에
내 별
별 무덤 만들어 놓고

시린 설움
달래려
눈을 감아 버리네

못난이
손닿지 않는다고
울어 버려

별똥별 내려와
유리창 두드린다
못난이 바보

글을 쓰며

무슨 설움이 많아
이리도 토해 내려는가
무슨 그리움 많아
이리도 토해 내려는가

새까맣게 타 버린 심장이
그런다고 다시 뛸까
괜한 객기 부린다
후회 할 짓을 골라한다

한줄 쓰고 또 한줄 써 보지만
갈래갈래 찢겨 버린 가슴
더는 쓸 수 없어
창문 열어
허공에 화풀이 한다

지우고 또 지우며
힘겹게 한줄 한줄 채우며
사랑을 그릴까
우주를 그릴까

몽유 시인 되어
초록별을 노래할까
아니
나는 서러움을 노래하리라

移徙(이사)

패나 그럴싸한 시골
층층이 쌓인
성냥 곽 상자 하나 얻어
아침 햇살 하나랑
마음 정 한다

앞마당 아이 놀이터
주변 둘러봐도
그 흔한 카페 하나 없이
찻길 대신 논두렁 길
온통 개구리 울어
아우성치는 논밭뿐

아이들 놀이터 웃음 소리
얼마 만인가
늙은이들 채소 다듬으며
세월 타령
정겹기는 하다

내 방 하나 얻어

원고지 몇 장

책걸상 등불 하나

제법 그럴싸하니

못 다한 가슴속 이야기

풀어 헤치려나

불빛 희미한 먼 시골

벗들 한 둘 찾아 주니

참외 서리 할 곳

눈 여겨 본다

참으로

오랜만에 가슴 촉촉 해진다

황혼 길

붉게 물든 黃昏
해너미 길
슬픈 영혼들
이리 많아 아우성 친다

한손 지팡이 들고
한발 절룩이며
슬픈 영혼들
오래도 버티었구나

아쉬움과 미련으로
속 타는 내 가슴
목말라
되돌아 오곤한다

우리 님과 한 세월
못 다한 응어리들 모두
토해 내고 떠나야 할까
동쪽 彼岸으로 도망갈까 보다
그곳엔 촉촉한 포도주 흐르려나

침묵

깊은 침묵이 흐른다
어둠속
숨소리조차 사라졌다
눈동자 소리만 들릴 뿐이다

지나가는 달빛 빼꼼히
언제 왔는지
창문
두드리는 소리 들린다

서서히
심장 울림
들리기 시작 한다

어둠속 악마가 손짓 한다
신들려 성황당으로
내 닫는다

오색 천들이 같이 춤추잔다
조각돌 세 개

돌무덤 상 차린다

이 桎梏의
고통에서 벗어나라
절규하는
내 幻影을 침묵으로 바라본다

*桎梏(질곡)몹시 고통스러운
*幻影(환영)있는 것처럼 보이는

휴대폰

소식 전하기
참 불편한 시절
과학자들의 마법으로
德律風 내 손에 있다

손 편지 써본 기억
희미하다
받아 본 것도
빨강 우체통도 사라 졌다

손 편지
그리움 꾹꾹 담아
설레는 마음

쓰다가 찢고
또 찢고 하기를
수 없이
우체통에 넣을 때 설레임

이제는 언제든

자판 두들겨

온 누리 방방곡곡

광속으로 전하는 세상

감성은 사라지고

편리함만이 있는

메마르고

고독한 문명인들이여!

*德律風(덕율풍).다리풍:조선시대 최초의 전화기 명칭

어쩌다

어쩌다 세상 나와
늘 청춘일 줄
알았는데
어느새 백발 되었나

청춘일적 무엇이 잘나
하룻강아지
기고만장 이었나

아내 쌀독 비어
마음 조릴 때
이놈 기생집 술독에 빠져
늙는 줄 몰랐더라

돌아보면 볼수록
나도 어이없어
또 한잔 술타령 하네

가는 길
얼마 남지 않았다

하지 않았느냐

세월
잠시 멈춰 줄테니
가슴 치며
서럽게
후회 나 해 보거라

나팔꽃

담장 밑 나팔꽃
보라 빨강 나팔 달고
어느새
대추나무 허리춤에 있네

희롱하며
사랑 나누던
벌 나비 친구들
소식 한번 들려 주렴

벌님 왕국
집집이 아기
빼곡히 낳아 두고
부지런히
몇 년 먹을 양식
꼭꼭 숨겼네

화려한 멋 만 내는
나비들
뿔뿔이 집 없고

게을러

남의 허리춤에

알 몇 개 붙여 놓았다네

벌 나비 지칠 때 쯤

나는 검은 알 몇 개

담장 밑에

숨기고 가려니

나팔 주둥이

목청 높여

가을 연가 부른다

내일을 그린다

애달픈 오늘 가니
내일이 오네
어두운 장막 밀고
햇살과 함께 내일이 온다

새로운 몽환을 그린다
머릿속 하얀 도화지
제 멋대로
상상이 춤춘다

지평선 넘어 상그릴라도
보물선도
어제의 흔적들도
잃어버린 시간들도

허공과 맞닿은
내 마음
가슴은 타 올라
용트림으로 탈진 한다
오늘 왔다 가니

내일이

자꾸만 또 온다

밀쳐 내도 계속 온단다

아....

지친 사지 일으켜 세워

무지개 그림

한 가득 그려보자

빗속에서

비바람 치는
신작로에
방랑자 되어

수도승처럼
처연
하기 만 하다

구름 걸친
저 산 너머
파란 하늘 밑

우산 속
이야기
아직 멀었는데

비바람
가슴 파고드는
이 쓸쓸함은
애달픈 슬픔 이었나 보다

연 꽃

은구슬 한 가득 담아
하늘
이야기 들려준다

초록 물감 가득 풀어
山寺
이야기 들려준다

뿌리 천길 만길 내려
蓮池못
이야기 들려준다

커다란 蓮잎 사이사이
바람
이야기 들려준다

연 분홍 蓮花
부처님 감싸 안으며
평온을 들려준다
길 잃은 청개구리 한 마리

蓮花에 길 묻는다

彼岸으로

가는 길이 어디냐고?

*蓮池(연지)연꽃 호수
*蓮花(연화)연꽃

불 꽃

작렬하는 태양
온 대지를
불가마로 데운다

온 생명은 지치고
목이
마르다

새들 노래 할 기력도
나무들 속삭일 바람도
흘러 갈 구름도 없다

개구쟁이들
물장구
소리만 있다

한 여름 저녁노을
마지막 안간 힘
해너미 불 타 오른다
악마의 불꽃 서서히

주저앉으며
고요한 적막의 시간

비로소 낮은 곳에서
노래가
들리기 시작 한다

개울가 오리들의 합창
능수버들의 바람 노래
벌거숭이들의 물의 노래

고요한 적막의
너른 들판
가냘프게 흐르는 실개천

어미 젖줄 되어
이제야
조용히 안식을 노래한다

인 연

세월 따라 설킨 인연
서러워라
덧없고
소용없어라

호호 불어 군밤 까주던
뼈까지 시린 인연
밤바람 따라 가버리네

질 화롯불
점점 잿빛 되고
밤바람 문풍지 소리
외로움은 소스라치네

유리창 밖 나의 별
사랑 우정 덧칠하였는데
어둠이 삼켜버리네
가냘프고 여윈 나의 손
별빛 허공에 그림 그려
그대 그림자 되려네

달 빛

하.....
밤은 깊어
하늘 가득
별들 노래하며

끝도 없는 높은 하늘
고요한 달빛
한가득 춤추며

강물에 내려앉은
달빛 물결
춤추며 노래하네

깊은 계곡
나무 숲 그림자
달빛과 숨박꼭질 하며

벌판에 선
내 벌거벗은
그림자

고요한 달빛
한가득

풀잎 사이로
길게 춤추며
두팔 벌려 입맞춤 하네

머리 위로 쏟아지는
달빛은
너무 창백하여

시린 가슴속
물결 지어
심장을 두드리네

투명한
달빛 닮은
가슴

고요하고 창백한 달빛과
깊은 밤 지 새우려네

꽃 잎

형형색색 물감 뿌려
한 폭의
예쁜 수채화 되어
내 마음
두드린다

참 예쁜 꽃잎
따사한 햇살
듬뿍 머금고
봄비처럼
온 산야 날린다

해질녘
고요한 낙조는
물기 머금은
꽃잎에 내려와
붉은 색동 옷
입혀 주네

고개 떨구어

바람결에 흩날리는

꽃잎

쓸쓸히 바라보며

깊은 내일의

고뇌를 상상 한다

몽 환

九天에 머문 영혼 이었던가?
눈초리 매서운
龍의
길목을 지나
날갯짓으로
은하수에 다다른다

전설과 신화가
뒤범벅이 되고
시간이 정지 된
죽음의
은하 계곡에
내 그림자 숨죽여 있다

은하수에 내 별 띄워
소스라치게
푸른 별들 사이로
노 저어 가다 만난 건
포근한 님의 가슴일까?
별들 물결 이는

은하 강 저편 다다를 때

꺼져가는 내 심장

슬프고 지친

내 연민 지우며

다시 살아 날수 있을까?

*九天:높은 하늘 深淵
*九泉:黃泉 땅속 깊은 곳으로 흐르는 물

상 처

예쁜 그녀 목걸이
진주조개
슬픈 상처 품어
수년을 아무리며
긴 고통을
견디 였구나

내 작은 가슴 속
그리움으로 맺힌 옹이들
내 갈 때
조갯살 벗어 던지고
진주보다
더 큰 인고의 알갱이
몇 알 남기려네

수도승 번뇌의
검은 알갱이
참선으로 견디어 내며
무심한 듯 세월 건너
彼岸으로

멀리 떠나 갈 때
숨利 몇 알 남겨 줄거나

슬픈 상처들
시뻘건 무쇠 그릇에
담아
몇 고개를 지나
영롱한 진주 되어
영영 가버린
세월 노래 한다네

동 행

하..
그립다 친구야
기억 속
소꿉놀이 하고 있다

소꿉놀이 추억 있어
길 위에
외톨이 되었어도
외롭지 않다

가는 길
서산 골짜기
깊은 계곡 있어도
무섭지 않다

쉬엄 가세
놀며 가세
九泉강변 저 멀리
아득한 곳에 있다네

깨달음

앞산 봉우리 가르고
햇님 오르면
살아 있는 만물들
하늘 심연 향해 깨어난다

나 또한 그러리라
창틈으로 햇님 살포시 오면
깨어 일어나
빛과 포옹 한다

앞 강 뽀얀 물안개
햇님 성화에 피어올라
보슬비 되어
九泉江 흐른다

생명 잃은 주검들
햇빛 무게 못 견뎌
九泉江 향해 모두 누워
슬픈 노래 부른다.

해바라기

부스스 커다란 눈을 떠
울타리 넘어
긴 목 돌려
햇님 찾는다

샛노란 얼굴
햇님 향해 방긋 웃어
간밤에
푸른 아기별들과
속삭였다고 인사 전 한다

한 여름
겹겹이
가슴에 품은
알갱이들

햇살 사랑
듬뿍 받아
알알이 탱글탱글
햇님에게 가을 인사 전한다

불 화살

하늘에서 불화살
온 세상에
마구 쏟아 진다

가마솥 되어
사정없이
모든 것 녹여낸다

내 심장에
꽂인 불화살
쌓인 묵은 흔적들

태우고 태운
잿 가루
성난 강물에 보내리

요단강 닿을 때
비로소
안식 일려나

마루에서

솔향기 가득한 산길
들꽃 향기
새 소리 청량한 숲속
바람 한 점
짙푸른 초록 물결

내 마음 산마루에 걸 터
시간 거스러
쌓이고 쌓인
세월의 흔적들
솔향기에 실려 보낸다

깊은 가슴속 꼭꼭 숨겨 놓은
곰팡이 핀 일기장
하나 둘 찢어 내며
하늘 향해
워이 워이 통곡 한다

지나가 버린 시간의
안타까움

오늘 소중한 통곡의 시간
성큼 성큼 닦아오는
마지막 외롭고 두려울 시간

두 눈 꼭 감고
시린 통증 견디지 못해
그냥 고목 되어
구름 한 점과
산마루에 주저 앉는다

고 백

도회지를 등진
적막한
물안개 피는
촌구석
단절된 외로운 시간들

실낱같은 카 톡의 끈
늘
사랑 우정 나누며
때론 웃고 삐지며 위로 받으며
나 외롭지 않네

남은 시간
너희
그리워하며
함께 할 수 있는 마음은
나의 큰 버팀목이네

앞산 올라
겹겹이 쌓인 흔적들 꺼내 보며

차라리

그리움 변치 않을

이끼 낀 돌 바위 되려네

나의 별

하늘 심연
옹기종기 모여 사는
별들
그리운 별 찾아본다

어느 해인가?
하늘나라
자맥질 하며 훨훨 날아
별이 된 그리운 이

가슴 한켠
그 별 놓지 못해
오늘밤도 별들 헤이며
두 손 모은다

안식 찾아 영영 가버린
외로운 영혼
정녕
가슴속 가여운
나의 별이 되었구나

사라진 청춘

삭 바람 문풍지 소리
저리고 시린
옛 이야기들
안다미로 담긴 녹슨 가슴

청춘이 있었기나 하였나?
장춘 단 고갯길에
마주한 바람이
아마도 청춘이었나 보다

주린 생명이
보릿고개 눈물 지어
마주한 절규가
아마도 청춘이었나 보다

빡빡 머리 어릿광대
님 찾아 이산 저산
마주한 목마름이
아마도 청춘이었나 보다
목마른 열정의 시간

온데 간대 없고
절뚝이며
마주한 늙고 초라한 시간은

온 몸 시퍼런 멍으로 저며
머나 먼 꿈길 떠나
사라진 청춘 삭이며
서러운 마음 쉬려 하는구나

*안다미로:그릇에 넘치도록 담아

자화상

폐부
한 가운데 흐르는
슬픈 강물
핏빛으로 흐른다

세상
매서운 눈초리
살기 담아
冷笑가 흐르는구나

흐느적
거리는 슬픈 광대
주저앉아
소리 없이
허공 휘 저을 뿐

울어도 눈물 없고
웃어도 웃음 없는
일그러진
붉은 鬼面畵

넋 잃어

소스라치며

어찌 할까

외마디 탄식 하는구나

*鬼面畵귀면화·붉은 악마.치우천왕의 얼굴
*蚩尤天王(치우천왕)의 얼굴·상고시대 神市倍達國14대 천왕

뭉개 구름

파아란 높은 하늘
뭉개 구름
활짝 펴올라
초록 蓮池못 이랑
술래 놀이 하네

바람 타고 흐르는
뭉개 구름
하늘 높이 솟구쳐
커다란
용오름 되는 구나

먼 산마루에
걸터앉은
뭉개 구름
산 너머 강촌에
가을 소식 전 하려네

파아란 캔버스에
그리움

한 점 찍어

별나라

내 님께 소식 전 하려네

바 다

놉새 바람 한 점 타고
태백산맥 넘어
동해 바다 찾아 간다

끝 모를 수평선 넘어
파도
밀려 올 때
무슨 사연 실려 오려나

이렇게 많은 모래 알갱이
별들 만큼이나
오랜
속사정— 있었구나

永劫의 시간
밀려오고 밀려나는 세월
파도야
그런 사연 이었구나

깊은 너의 뱃속

수많은 생명 품어 내는
엄마 같은
그런 사연 이었구나

미움일랑 밀려 보내고
그리움일랑 밀려와
작은 고깃배
갈매기 친구여라

파도 흰 포말
흰 도포 자락 되어
바다 위 끝없는 수평선
내 너를 칭송하리라

친구에게

너희들이
아는 만큼 보다
나는
나를 더 잘 안다네

똑똑 하지도
눈치 있지도
넉넉 하지도
못함을 잘 알고 있다네

고집은 불통이고
생김은 초라하고
마음에
드는 구석이라곤 없네만

그냥 이렇게
잊지 않고
놀아 주는 것만이라도
고마울 뿐이네
안타깝고

서럽게도 약속된

붉은 노을 길

함께

길동무나 마저 해 주시게

슬픈 계절

산야 푸른 초목
고추잠자리 높이 날때
어느 날
피멍으로 상처 얼룩져

닥아 올
하늬 바람소리 진저리 쳐
고갯길에
슬픈 계절 이리도 오려네

영영
오지 않을 시간 거스러
그 세월에
서러운 입맞춤 하리니

도토리 상수리 바람 소리
다람쥐
슬픔으로 가득이는
단풍 잎 보고 있다
활짝 열린 푸른창공

바람아 불어라

조각구름

내 마음 실어

오지 않을 님 찾아

슬픈 계절

하늘 명경에 꼭꼭 숨겨둔

흰 쪽배 타고 떠나자

이 별

한 세월 지나면
아프지 않을 줄 알았는데
지금쯤이면
새 살 돋을 줄 알았는데

그럴 줄 모르고
거센 소낙비 온몸 적시고
온 들판 뜨거운 태양
가슴에 품었더냐

아직도
그 자리 그대로
통증 견디며
세월과 싸우고 있구나

어느 날
왈칵 쏟아진 눈물 속
그 기억은
너무 시리고 아파
이제는 별 보듯 바라볼 뿐이다

남자의 눈물

온 몸 저려
가슴속에 스며드는 슬픔
이기지 못해
조용히 흐르는 눈물

숨 죽여 흐느끼며
가버린 시간이 겹쳐 보인다
무능한 어리보기
탄식이 된 배앓이 였구나

삶의 무게에 짓눌린 고통이
너무 처절 했던가
남자인 척
숨겨 논 연민의 눈물 이 였구나

환한 웃음만을 보이려 한
광대의 모습은
온데 간데 없이
병들고 나약한 광대 였구나
긴 숨으로

깊게 담배 한 모금 머금고
하늘을 본다
붉게 멍든 달이
내 눈 앞에 있구나

인생의 무게 에돌아
이를 감내하는 고통
그것이
바로 남자의 눈물 이 였구나

上善藥水

냇가 여울목 돌아
갈대 숲 지나
바위랑 감싸 안으며
예까지 왔구나

낮고 낮은 곳으로
흘러 흘러
용서하고 또 용서하며
감싸고 왔구나

둠벙이
깊은 곳도 낮은 곳도
불평 없이 채우며
어깨 동무하며왔구나

바람 불고 소낙비와도
물고기들
보듬고
조잘대며왔구나
한결 같은 너의 모습은

억겁이 지나도

변치 않을

나의 참 스승이구나

*上善藥水상선약수:도덕경 8장

다람쥐

앞산 다람쥐 가족들
볼 마다
가득 채운
추수의 계절 오면

상수리 높다란 열매는
부지런한 너희 차지
땅속 감춰 논 것은
새싹 차지이다

무슨 힘이 넘쳐
온 종일 높은 나무
쳇 바퀴 돌 듯
뛰어 다니나

떨어진 도토리
산토끼 몫이지만

부엉이
너희 주변 맴돌고

안개 낀 가을 숲엔

까치 울음 스산하다

찬바람 이는

차디찬 겨울 오면

낙엽 이불삼아

깊은 꿈나라 여행 하겠지

그리움

그리운 친구야
깊은 밤 그리움 담아
차 한 잔 끓인다

새 순처럼 돋아나는
애기 연두 빛
그리움은 투명 유리병에
담아 놓을래

그 그리움 꺼내
바이올린 선율에 실어
너를 부른다

너의 눈빛만으로도
향기로운
찻종 차 한 잔

너를 기다리며
순백의 찻잔을
나란히 탁자에 올릴래

찻잔 속 그리움
갈래갈래 추억들
가슴 한가득 맴 돌아

진한 민트 향은
오래 오래 내 곁에
마음 풍경으로 머물며
그리워 할꺼야

아버지 되어

깊은 가슴속 흐르는
눈물
숨 죽여 애써 참 는다

아 이제는
버거운 짐 내리고
소리 내어 울어야겠다

아버지란 이름
행복이기도 하고
고달픔이기도 하였구나

망팔의 세월
세월의 무게 용케 견뎌
예 까지 왔구나

고달픔은 세월에 내던지고
행복했던
기억만 품고 날자
虹蜺 넘어

彼岸으로
훨훨 날아가자

그 곳에선
행복했던 기억만
간직 해야지

*虹蜺.虹霓홍예: 무지개

아파서 예쁜

온 산은 물감으로
색칠하며
선홍색으로
바뀌어간다

하늬바람이 오고
햇님 열기
떠나니
고뿔이 왔나 보다

몇날 몇일을 통증으로
견디어
상처투성이
예쁜 잎으로 변하나

가지에 붙어 닥칠
거센 북풍 눈보라 견디려
푸르던 잎은
이렇게 먼저 떠나는 구나

어느 환쟁이 인들

너를 견줄 수 있겠느냐

아파서 예쁜

너는 단풍 이구나

안 개

땅 하늘 경계가
무너진 안개 세상이다
보이는 것은
온통 하얀 물감으로
뒤 덮혔다

흐릿한 자동차 불빛
유령처럼 스친다
앞마당 소나무
하얀 안개가
회오리치는 구나

슬픔도 그리움도
모두 덮었다
상처도 아픔도
모두 덮었다
모든 게 공평하다

하늘 꼭대기
해와 달

진한 안개 속으로
숨어 버린 세상
어찌 찾 을까

안개와 함께
모든 슬픔과 상처
거두고
태양 빛 비추면
시계... 톱니바퀴처럼
평안이 오겠지

젊은 날의 초상화

흰 구두 하얀 미니스커트
그녀의 예쁜 모습
볼수록 설래 게 만든다

손잡고 춤추며
유쾌한
젊음을 당당히 만끽 한다

수줍음 손사래 쳐도
즐거운
젊음을 당당히 만끽 한다

나는 흰 양복 깃 세운
욕망 가득한
젊은 남자의 속물 이었다

이렇게 내 속내 웃어 주는
그녀가 너무 좋아
젊은 날 그 것 또한 행복했다
지금도 가슴 한켠엔

분명 젊은 그녀가

유혹하는

젊은 날의 초상화가 있다

끝 모를 여행

태초에
끝 모를 빅뱅이 일어나고
순식간에
우주를 만들어
모든 물질 탄생하니

빛은 수소를 만들고
수소는 헬륨을 만들고
헬륨은
탄소와 질소를 만들며
*곰비임비 하니

만물이
숨 쉬며 살아가는
모든 물질 만들어 놓고
영하 이백칠십도의
시리고 창백한 시공간

별들은 빛을 내어
광합성 조화로 만물에

먹거리를 주니
우주의 신비로움
어찌 가늠이나 할까?

이렇듯 축복받은
해와 달 푸른 지구별에
기쁨으로 세상에 나와
무엇이 그리 슬퍼
오만상으로 망팔을 맞는가?

이제는 창백한 별 여행
떠날 채비
나는 기쁨만 남기고
슬픈 흔적들 한 가득 주섬주섬 담아
돌아가려 하네

아련한 가슴 한편
오늘도 깊고 먼 은하수
한없이 바라보며 조금씩 시간 덜어내며
삶의 찌꺼기들 강물에 흘러 보낸다네

*곰비임비:계속 만들어지고 쌓이고 하는 현상

가을

불같은
한여름 갔나 싶더니
한 밤 낯선 바람
창문을 두드린다.

낯설기 만한 찬바람
맴돌기 하니
단번에
긴 소매 갈아입고

이순 쯤 지나면
온 산위
울긋불긋 물감 풀어
단풍 계절 오려나.

살갗에 파고드는 찬바람
희망과 기쁨 사라진
매미 허물만
남기는 계절 오면
나는 열순 지나 불같은

그 여름을 상상하며

부풀어 오르는 희망 기쁨

기다리겠지

*旬(순)·열흘. 열달. 십년.

가을에 오는 비

그리움은 가을비를 타고
옷깃으로
가슴속 흘러
추억을 노래한다.

뜨거운 여름 이제는
이별하며
햇살 두어 가닥
추억의 실타래 엮는다

단풍 닮은 속살 한가득
참으로 나직한
속삭임으로
그리운 추억을 노래한다.

장맛비 속에 흘려보낸
한여름 밤 추억
슬픈 이별은 그리움 되어
슬퍼하는데
가을비는

장난꾸러기 되어

구석구석 그 그리움

자꾸 자꾸 키우기만 한다.

사 랑

살며시
달빛 타고
하늘 날아오를까
아픈 가슴
또 매질할까

달빛 타고 가는
은하수 저편
푸른
별이고 싶다

포근히 포옹하는
수줍음 말고
먼발치
그냥 그리워하자

뜨거운
가슴앓이는
은하수에
감추어 놓자

맑은 달빛

내게로 오면

至高至純한 별 되어

은하수 저편

날아가 보자

기 쁨

청명한 높은 가을 하늘
하늘 가까이 뛰어 올라
터질 듯 터질 듯
가슴 한가득
하늘 담습니다.

눈 감으면 시리고 포근한
하늘 감싸 안으며
그 부드러운
감촉은 이내
말할 수 없는 기쁨이 됩니다.

하늘 언덕에 닿아진
찬란한 기쁨
맑고 순결한 그 기쁨은
신비스럽고
성스런 벅찬 사랑입니다

그 기쁨 얼마나 소중한지
나는 아무도 모르게

첼로 선율에
숨겨 놓아
오래도록 미소 지을 겁니다.

그리움 딛고 하늘 올라
맑고 신비로운 하늘 명경
지나간
추한 못난 모습들
지우며 분칠 다시 하렵니다.

시와 음악

넓고 넓은 세상엔
별들만큼이나
무수한 사연들과 음악이
목마름으로 흐른다.

하늘엔 홀스트 주피터의
신화가 흐르며
대지엔 섹스피어 파우스트의
서사가 흐른다.

내 작은 서재엔
피아노
소나타가 흐르며
눈물이 방울방울 맺인다

추하고 부끄러운
속살 헤집은 멍우리들
시인의 노래되어
귀와 눈으로 흐른다.
시와 음악은 일상이 되어

기쁨 슬픔

노래하며 사랑하며

외로운 영혼을 달랜다

참으로

남은 세월 아름답고

속 깊은 인생을 다듬으며

시와 음악

함께 늙어 가고 싶구나.

빗물 방울

가을비 스산히 내리는
빗물 웅덩이
가만히 보아요.
동그라미 파동
그 소리 귀대여 들어봐요

깊은 땅속 작은 울림 되어
내 심장에 흐르면
포근하고
그리운 엄마품결
평온해지지 않나요?

빗물 방울 웅덩이 넘치면
실개울 가슴 꼴 흘러
아련히 떠오르는
어린 아잇적
고향 생각나지 않아요?

실개울 큰 개천 따라 가면
그 곳 여울목에

조금 큰 물결 파동

살결에 닿으면

엄마 손길 내게 오지요

손 잡으면

설레는 마음
발걸음 재촉이네
두 손 잡으면
따스한 심장 고동 들린다.

맞잡은 손 타고
내 마음
그대 심장 속까지
기쁨을 전한다.

라일락의
전설은 따스한
두 손 타고 흘러
온몸으로 전해 온다.

붉게 타들던
옹이들
이내 선홍빛으로
제 모습 찾는다
이제 명주 끈 길게 길게

벅찬 만남

꽁꽁 매어

그리움일랑 잊고 살자

낙 엽

울긋불긋 가을
계절 가며
낙엽 뒹구는 소리

무성한 단풍입새
떨어지니
시린 빈 가슴

찬바람 스치는 소리
아련한 그리움
가슴에 사뭇치네

낙엽 쌓인 오솔길
휑한 바람
귓전에 그대 목소리

상처받은 영혼
피멍으로 신음 할 때
십이월의 순백을
상상하며

늙은 나그네의 슬픔

낙엽처럼 쓸쓸히

애잔한 그리움

파도처럼 밀려 옵니다

어 둠

무거운 어둠 장막
펼쳐진
외롭고 적막한
방 한켠

외로움은 사지를
붙들어
움직일 수조차
없습니다

빼꼼히 뚫린
문창호지 넘어
기력 잃은 별만
어쩌다
보일 뿐입니다

소스라 처 놀라
잠 깨면

어느새 하얗게

눈 내리는
소복소복 그 소리
앞장서
그리움 닦아 옵니다

밤바람
마른 갈대 소리
슬픈 기억
붉어진 가슴속
마구마구 휘저으면

이 적막한 어둠
뒤척이면 슬며시
닦아 온 그리움
한잔 술
잠 못 들게 합니다

望八의 흐름

골짜기 물이 졸졸 흐른다
분명 숲속 나무의
흔적들이 흐른다
조금씩 아주 조금씩
생명의 찌꺼기들이 흐른다

헉헉 숨을 쉬다가
물방울 되어 강으로 흐른다
나무 그늘의 아늑함 조차도
그 껍데기 허물
천천히 강물로 흐른다

두발로 선채
지탱 할 수 없어
강물 향해 매일 매일
조금씩 살과 영혼을
내어준다

매일 슬픔과 그리움
강에 흘려 내어준다

허물어져 가는 가을

모든 것 다 내어 놓고

껍데기 그냥 매일 흐른다

나무도 들꽃도 나도

사그러 드는 생명 모두

빈 허물 내어

시간 공간 흐르니

조금씩 쉼 없이

九泉江 향해 흐르고 있구나

그리운 님

밝은 달빛 한 아름
내 마음 비추이니
님 그리움 새살
돋아 납니다

그리운 님
정 듬뿍 주고
가슴 한가득
설레게 하더니

모진 가슴으로
돌아서면
밝은 달빛은
어딜 비추 오니까

시린 가슴앓이
수심 한가득
헤아리기조차 힘들어
달빛마저 숨어
버리나이다

한가위

끝 모를 하늘 가운데
둥근달
환한 웃음으로
내게 옵니다

슬픔도 아픔도 없이
높고 낮음 없이
환한 웃음으로
가득 채워줍니다

달님에게 손 모으고
조상 신 추억하며
달빛 가득한 이 밤
모두 모여 주절 댑니다

한 여름 뙤약볕
하늬바람에 쫓겨
여문 곡식 황금 들판에
남겨둔 계절
내게 닿은 가을은

온 산야 단풍으로

고운 색 채비

한가위로 닥아 옵니다

슬픈 가을

가슴 한가득 그리움
남기고 떠나는 세월은
모질게도
가을 노래 이구나

곧 불어 닥아 올
쓸쓸한 겨울이 오면
그대 고운 단풍처럼
사랑의 고운 빛을 주소서

바람 소리에 단풍은
소스라 쳐
휑한 가슴에 그대 고운 미소
채워 두렵니다.

초겨울 바람
마지막 입새 매달려
안간힘을 다 하는
애절한 우리 고운님
아픈 눈동자는 어느덧

이별을 고하고

시인이 되어

쓸쓸함을 노래하는구나.

大團圓

촉과 위나라 오나라
패권을 두고
병법과 술수가 난무한다.

제갈량과 손권 사마의가
싸움을 벌인다.
결국 모두 검은 별이 된다.

마지막 호걸 강유의
죽음이
너무 슬퍼 가슴이 아프다

나의 굴곡진 인생 여정은
삼국지 흥망성쇠의
축소판 일까?

아... 머리가 아프다
가슴도 답답하다
움직이기조차 너무 힘들다
살아 끝내야 할일이

주마등처럼
달려오는데 어쩌나

이제는
모든 것이 멈춰 지는
비통한 가슴은
피를 토하고 마는구나.

충혈된 눈과
백지장 머릿속
더는 글도 쓸 수 없구나.
이대로 끝이란 말인가?

제4 합창
우리들의 노래

아 재

金興川

검은 머리 백발 되어 버린
세월의
무상함이야
차라리 빛나는 훈장 되어
더욱 빛나네

구십 앞 둔 세월이 차라리
詩가 되니
주름살 정겨워
포근한 남녘 山寺에
웃음 짓는 부처님 이야

가슴속 그리도 따뜻하여
모두를 보듬어 내니
아재 발 거름 하나 하나
차라리
나비 춤 일려나

아재 아재 따듯한 숨결에
묵은 가슴 녹여 내니

투박한 말투 이리 정겨워

차라리

아재 내 핏줄이어라

*金仁煥 큰형님께 드리는 노래

가을 연정

朴魯慶

이슬 머금은
낙엽 길
호젓한 산길 가네.

길섶
청초한 꽃들은
연인되어 반겨 주네

한둘 떨어지는 잎 새들
그 느낌은
가버린
사랑을 노래하네.

포근한 햇살과 솔바람
그대 가슴
어루만질 때
기쁨은 사랑이려오

한 송이
예쁜 꽃 그윽이

낭만 젖을 때

파랑새 되어 날으리

陽矼에게 전하는 敍事　　　　金興川

어찌 무심 한가 이 사람아
바다 멀리 떠난지
삼십 몇 여년
빛바랜 사진첩 그대로
유쾌한 그 철방구리 맞지

실개천 송사리 떼
연못가 잠자리 쫓던 기억
달밤에 꼬마 각시들이랑
낄낄 웃던 그 기억들

울타리 넘어 휘파람 불던 일
사립문 달린 우리네들 집
국민학교 커다란 미루나무는
중학교 강당 옆
단발머리 교실 기억하나

행당동 좁은 방 초록 밥은
금호동 언덕 위 교회는
압구정동 내 각시

된장찌개 기억하나
아직도
트럼프 각하 내 서랍에
먼지 쌓인 채 기다리고 있지

가 볼수 없는
어린 시절 깊은 想念
겹겹이 쌓인 추억들이
그리움의 또 다른 언어로
메마른 가슴을
촉촉이 한다네

붉은 서산 길
아직은 먼듯하니
재촉 말고
우리 쉬엄쉬엄
못 다한
노래하며 함께 가세

*陽矼(양강):竹馬故友 柳德善君 雅號(在美)

소연이 혼인　　　　　　仲父 金 興 川

몇 일전
만날 때 애기였는데
분명 갓 피기 시작한
애기 화봉 이였는데

결혼 한다 소식 들을 때
지애비 어릴 적
모습이 겹쳐 보이는 것은
지난 연민의 세월 탓 일까?

소연아
가슴 한켠 明鏡 달아
아주 고귀하고 매우 순결한
사랑을 가꾸어라
그를 일러 至高至純 이란다.

권 서방
앞뒤 가슴 문 늘 활짝 열어
그 가슴 길에
소연이랑 마음껏

머물며 쉬며 함께 하게나

두 사람
혹여 명경 다치는 소리
들리면 그건 분명
권 서방 탓일세.
그게 인생의 이치란다.

두 사람
항상 *六方禮經* 머릿속 담아
긴 인생 여정
향기 가득 넘치는 사랑을
피우려무나.

우리 모두 모여
이 혼인을 축복하고
기쁨으로
노래하며 춤추네

조카딸 혼인식을 맞아 2022.09.18.

*明鏡(명경): 맑은 거울

*至高至純(지고지순): 아주 고귀하고 매우 순결한 사랑

*六方禮經(육방예경): 붓다의 일상 생활 지침

*東(부모)西(부부)南(스승)北(친구)上(신앙)下(낮은 이) 에게 지켜야 할 예절

작 가: 金 智 虎 군 (10)
작품명: 제왕의 위엄 (유화)

智虎: 지혜롭고 용맹스런 작가의 이름처럼,
늠름한 기상은 닥아 올 새 시대의 훌륭한 개척자가 되리라.(註: 金興川)

Epilogue

無爲寂靜(무위적정)의 자연 그대로 비우고 또 비우며 있는 듯 없는 듯 살수는 없을까?

한때 젊은 혈기는 明鏡止水(명경지수)를 등지고 욕망에 가득 차 각종 예절을 잊은 채 오로지 목표만을 위해 수단이 온당치도 않았으며 과정이 바르지도 않은 채 왜곡된 결과에 흡족해 하기도 하는, 결과에 탄식을 하기 도 하는, 흰 분칠한 피에로의 삶은 아니었는지?

감당키 어려운 桎梏(질곡)의 세월을 견디어 내며 내면으로 부터 용솟음치는 분노들은, 절제를 통해 참으로 이 시대를 살 아내 왔는가?

한 겨울 까치의 추운 절규 울음소리는 무엇으로 들리는지?

사각 사각 쌓이는 눈꽃의 절제된 외침은 들어는 보았는지?

사랑을 위해 참담한 고통과 질퍽한 연민은 있어는 보았는지?

그리고 살며시 귀 대어 땅 속 깊은 울림은 들어나 봤는지?

반짝이는 시린 별들의 노래 소리는 들어나 봤는지?

詩와 노래를 아무리 담고 담아 봐도 슬픔, 이별 곡뿐인 걸 어찌해야 할까?

참으로 이 세상을 살며 아픈 흔적들을 하나하나 지우며 파란 가슴으로 세상을 노래하고 싶은 나의 작은 외침은 벌떡 문을 박차고 넓은 벌판을 달리고 싶다.

꽉 닫힌 철조망을 훌쩍 넘어 廣野(광야)로 내 닫고 싶다.

내 녹슨 가슴속 비련이 사랑이 되고 비겁이 용기가 되고 虛氣가 풍요가 되는 마법은 일어날까?

해 맑은 어느 시인의 歸天(귀천)이 가슴속 메아리로 맴도는 까닭은 望八(망팔)의 잊혀 진 긴 세월 탓일까?

고작 허락 받을 가능한 남은 십여 년,

오랜 세월 붉게 옹이 되어 버린 종기들은 도려내며,

쌓여 있는 세월의 아픈 흔적들 하나하나 버리고 지우며,

즐겁고 행복했던 유쾌한 보따리들만 넘치게 가슴 깊숙이 담아,

마지막 떠나는 안드로메다은하 철도 999호에 맑은 영혼으로 탑승 하리라.

그리고 마지막 남은 가슴속 작은 별 하나…

점점 선명 해져 가는 희망이기도, 꿈이기도, 변치 않을 진리이기도 하여 귀한 듯 소중히 녹슨 가슴에 품어 사랑 하리라.

그리고 또 예쁜 별 하나 더…사랑하는 손자들의 건강한 젊은 꿈이 펼쳐지고, 자녀들, 그리고 사랑하는 아내, 함께 해온 이웃

들 모두 사랑하며, 행복하기를 소망하며…

그래도 시와 음악은 나의 일상이 되어 위로하고 보듬으면서 닥아 올 그 날까지 희망을 노래하리라.

서재 한켠에선 처연하고 비통한 첼로 선율이 심장 깊은 곳을 마구 두드린다. 그리구 이내 눈물방울이 흐른다. 볼륨을 최대로 올려 소리 없이 한 동안 서러움에 진저리 친다.
Jacques Offenbach의 Jacqueline's tear 안타까운 첼로 선율이구나.

본 시집을 위해 성원 해 주신 여러분께 감사의 인사를 합니다.
(無順) 김동국사장. 박경만사장. 유덕선사장. 박혜순여사. 신인자교장

시린 별,
한 가득 가슴에 품었다
: 망팔의 서사

발행일   2022년 12. 30
글쓴이   靜潭 金 興 川
발행인   時空文學 金 興 川
디자인   박영정

값   12,000원
ISBN   979-11-980342-0-5 03810